世界经典童话小说书

U0670099

骑剑旅行

著者／阿·托尔斯泰 等　编译／贾小岩 等

吉林出版集团股份有限公司 | 全国百佳图书出版单位

图书在版编目（CIP）数据

骑剑旅行／（俄罗斯）阿·托尔斯泰等著；贾小岩等编译.
-- 长春：吉林出版集团股份有限公司，2016.12
（世界经典童话小说书系）
ISBN 978-7-5581-2120-3

Ⅰ.①骑… Ⅱ.①阿… ②贾… Ⅲ.①儿童故事－作
品集－世界 Ⅳ.①I18

中国版本图书馆CIP数据核字（2017）第065110号

骑剑旅行

QIJIAN LVXING

著　　者	阿·托尔斯泰 等
编　　译	贾小岩 等
责任编辑	林　丽
封面设计	张　娜
开　　本	16
字　　数	50千字
印　　张	8
定　　价	29.80元
版　　次	2017年8月　第1版
印　　次	2020年10月　第4次印刷
印　　刷	三河市嵩川印刷有限公司
出　　版	吉林出版集团股份有限公司
发　　行	吉林出版集团股份有限公司
地　　址	长春市绿园区泰来街1825号
电　　话	总编办：0431-88029858
	发行部：0431-88029836
邮　　编	130011
书　　号	ISBN 978-7 5581-2120-3

前言

　　儿童自然单纯，本性无邪，爱默生说："儿童是永恒的弥赛亚，他降临到堕落的人间，就是为了引导人们返回天堂。"人们总是期待着保留这份童真，这份无邪本性。

　　每一个儿童都充满着求知的欲望，对于各种新奇的事物，都有着一种强烈的好奇心，这样在成长的过程中就不可避免地被好的或坏的事物所影响。教育的问题总是让每个父母伤透了脑筋，生怕孩子们早早地磨灭了童真，泯灭了感知美好事物的天性。童话很好地解决了这个问题，让儿童始终心存美好。

　　徜徉在童话的森林，沿着崎岖的小径一路向前，便会发现王子、公主、小裁缝、呆小子、灰姑娘就在我们身边，怪物、隐身帽、魔法鞋、沙精随

1

时会让我们大吃一惊。展开想象的翅膀，心游万仞，永无岛上定然满是欢乐与自由，小家伙们随心所欲地演绎着自己的传奇。或有稚童捧着双颊，遥望星空，神游天外，幻想着未知的世界，编织着美丽的梦想。那双渴望的眸子，眨呀眨的，明亮异常，即使群星都暗淡了，它也仍会闪烁不停。

童心总是相通的，一篇童话，便会开启一扇心灵之窗，透过这扇窗，让稚童得以窥探森林深处的秘密。每一篇童话都会有意无意地激发稚童的想象力和感知力，让他们在那里深刻地体验潜藏其中的幸福感、喜悦感和安全感，并且让这种体验长久地驻留在孩子的内心，滋养孩子的心灵。愿这套《世界经典童话小说书系》对儿童健康成长能起到一点儿助益，这样也算是不违出版此书的初心了。

编者

2017年3月21日

2

目录 MULU

布拉基诺历险记

很久以前，在地中海沿岸的一座小城市里，有一位叫作朱谢别的老木匠。一天，朱谢别得到了一块木头，打算用它做一条桌子腿儿。

"哎哟，哎哟，请轻一点儿吧！"朱谢别的斧子刚一碰到木头，就听见一个细小的声音吱吱叫着。

朱谢别环顾自己的小工厂，可是连个人影都没有。他以为是自己的错觉，就重新操起斧子。可刚一碰到木头，又听到了那个吱吱声。

"也许，是我喝多了吧。"朱谢别自言自语，拿起了刨刀。刚刨了一下，他又听见了那个细小的叫声。朱谢别跌坐在地上——这个奇怪的声音竟然是从木头里发出来的。

这时候，朱谢别的老朋友加尔洛来了。加尔洛是一位流浪乐师，当年靠唱歌和奏乐维持生活。而如今他年老多病，已经不能演奏、唱歌了，因此生活非常拮据。

"加尔洛，我想到了一个能让你生活下去的好办法。我这儿有一块非常棒的木头，你带回家，雕成个木偶，教他唱歌和跳舞，带着他挨家挨户表演，准能挣到钱！"朱谢别说。

"嘿！老头儿，你这个主意太棒啦！"这时候，放木头的木工台上传来了快活的吱吱声。

朱谢别发起抖来，而加尔洛只是好奇地四处张望。

加尔洛拿起木头，向朱谢别道谢，回家了。

加尔洛住在楼梯下的一间小屋里。屋里的一块旧粗麻布上画着壁炉的火焰和一个炖汤的小锅。

加尔洛一边雕刻木偶，一边思忖着该给他起个什么名字，最后决定叫布拉基诺。加尔洛首先在木头上刻出了头发、额头、眼睛，接着又刻出了面颊和鼻子。

突然，鼻子伸长了，变得又长又尖，加尔洛只好削掉一些。但是事与愿违，鼻子还在不停地变长，长到令人发笑的地步。

接着，加尔洛又刻出耳朵、嘴巴、胳膊和躯干，最后，他又为木偶装上了两条腿。布拉基诺站了起来，抖动了一下，迈开双脚，摇摇晃晃地跑上了大街。

布拉基诺像兔子一样飞快地跑到街上，两只大脚板不停地发出啪嗒啪嗒的声音。"抓住他。"加尔洛在后面大喊道。过路的行人只是笑着对他们指指点点，却没有人出来帮忙。

十字路口站着一个身材魁梧，留着八字胡的警察。警察拦住了布拉基诺，并用手揪住他的长鼻子。气喘吁吁的加尔洛从警察手中接过布拉基诺，想放回口袋里。可是布拉基诺突然挣脱，啪嗒一下子躺倒在地，装起死来。

"这个坏心肠的加尔洛，他把可怜的小木偶弄死啦!"行人围上来窃窃私语。

警察听到这些话，一把抓住加尔洛的领子，带回了警察局。

当所有人都散去后，布拉基诺从地上爬起来，一蹦一跳地回家了。

"要是当时捂着鼻子跑，警察也许就抓不住我了。"布拉基诺边想边坐到地上。这时候，布拉基诺在"壁炉"的墙上发现了一只蟋蟀，他低着头，向下俯视着布拉基诺。

"喂! 你是什么东西?"布拉基诺问。

"我是一只会说话的蟋蟀，今天就要离开这里了。但是在走之前，我会给你一些忠告。"老蟋蟀叹着气，对布拉基诺说。

"唉，布拉基诺，改掉你调皮捣蛋的坏习惯吧，你应该听加尔洛的话，别到处乱跑，从明天开始，就去上学。这就是我对你的忠告，否则，将会有无数的危险等着你。"说完，老蟋蟀一转身，钻到"壁炉"后面不见了。

会说话的蟋蟀离开后，楼梯间变得异常寂静。布拉基诺无聊地在屋子里转着圈，突然肚子咕噜噜地叫了起来。他走近美丽的"壁炉"，把鼻子伸进火焰上面的小锅里，可是长鼻子却把小锅戳破了。因为这些都是贫穷的加尔洛画在一块破麻布上的。布拉基诺把鼻子拔出来，透过窟窿发现画布背后的墙上好像有一扇小门，但是布满了蜘蛛网。

突然，他看见楼梯板下爬出来一只老鼠。为什么不抓一下他的尾巴呢？布拉基诺边想边伸出了手。这只老鼠就是凶恶的苏沙拉。苏沙拉回头看见是一个木偶，便转回身扑了上去，想要咬断布拉基诺的脖子。

"加尔洛爸爸！"布拉基诺尖声叫喊着。

"我来啦！"门砰的一声打开，加尔洛冲了进来，把脚上的木头鞋子扔向坏老鼠苏沙拉。布拉基诺依偎在加尔洛的怀里，吃着爸爸给他的蒜头。

"加尔洛爸爸，我要做一个聪明稳重的好孩子。会说话的蟋蟀说我应该去上学。"布拉基诺说。

"谢天谢地,我的宝贝!"加尔洛高兴极了。

"可是加尔洛爸爸,我全身光溜溜的,又没有识字课本,同学们会笑话我的。"布拉基诺接着说。

加尔洛给布拉基诺做了一套衣服和一双小皮鞋,并用袜子尖做了一顶椭圆形的帽子。做完这些,加尔洛出了门,用旧外套换回一本识字课本。

"我一定好好学习,等长大了给您买一千件外套……"布拉基诺把鼻子埋在加尔洛的手掌中,信誓旦旦地说。

第二天一早,布拉基诺背着装有识字课本的书包,高高兴兴地上学去了。路上,他看见了一只花猫,但忍住了抓花猫尾巴的想法。快到学校的时候,不远处传来了一阵音乐声。

"学是一定要上的,我只是先去听一听,看一看,然后再跑着去学校。"布拉基诺不禁放慢了脚步,自言自语道。

他一口气奔到音乐传来的地方,只见一个用亚麻布搭起的戏台，戏台上站着四个手舞足蹈的乐师。戏台下，一个笑容满面的阿姨在售票。

"请告诉我，门票多少钱一张？"布拉基诺一把拉住一个男孩儿的手问。

"四枚铜币，木头人！"男孩儿回答道。

"你愿意用四枚铜币换这本识字课本吗？"布拉基诺问男孩儿。

男孩儿看了看识字课本，不太情愿地给了他四枚铜币。

布拉基诺买了第一排的座位，兴奋地注视着舞台。这幕剧的名字叫《蓝头发小姑娘》。布拉基诺聚精会神地看着舞台上的表演。这时候，舞台上的木偶演员们突然看见了布拉基诺。

"大家看啊，活生生的木偶！"从幕布后面又拥出一大群木偶，笑着把布拉基诺拉上台，拥抱他，亲吻他……演出根本没办法继续下去了。

"你竟敢妨碍我们的喜剧演出！"一个大胡子男人走上舞台，手里拿着一根鞭子对布拉基诺喊道。

他一把抓起布拉基诺，把他关进剧院的仓库。木偶们草草结束了演出。大胡子男人是木偶科学博士加拉巴斯，他打算把布拉基诺扔进火炉里。

木偶们都为布拉基诺求情，但是加拉巴斯博士仍怒气未消。当木偶们把布拉基诺带进厨房的时候，加拉巴斯博士正在打喷嚏。一连串的喷嚏让博士筋疲力尽，因此也就变得善良一些。一个叫皮也罗的木偶演员让布拉基诺试试在博士打喷嚏的时候求他。

可是加拉巴斯博士并没有打算原谅布拉基诺。

"先生,如果您把我烧掉,我的爸爸加尔洛会很伤心的。"布拉基诺说。

"你的爸爸是老加尔洛?老加尔洛的房间里真的有一个秘密。好吧,我原谅你啦!同时,把这五枚金币带给加尔洛,让他千万别离开那间小屋。去睡觉吧,明天早晨再回家。"博士从椅子上跳起来,但立刻又捂住嘴,看来他不想说出这个秘密。

"我要给加尔洛爸爸买件新外套!"一清早,布拉基诺就攥着金币,蹦蹦跳跳地往家跑。这个时候,他发现前面不远处走来两个垂头丧气的乞丐——跛脚狐狸阿里萨和瞎猫巴齐利昂。

"布拉基诺,你想不想让手里的金币增加十倍?愚人国有一块叫'神奇'的土地,你把金币埋在土里,浇上水,第二天就会长出一棵挂满金币的树。"看着布拉基诺手中的金币，狐狸咽着口水说。

"你骗人，怎么会有这样的好事情呢?"布拉基诺几乎要跳起来。

"走吧，巴齐利昂。他既然不信，我们没有必要……"狐狸委屈地说。

"我相信，相信! 快带我去愚人国吧!"布拉基诺赶紧叫起来。

布拉基诺、狐狸阿里萨和瞎猫巴齐利昂走啊走啊，翻过一座山，蹚过一条小河，黄昏终于来到一座破旧的平顶房子前。墙上挂着一块写着"三条鱼酒馆"的招牌。狐狸和瞎猫点了许多的野味，布拉基诺只吃了一些面包。

晚上，狐狸阿里萨和瞎猫巴齐利昂分别睡在两张柔软的大床上，而可怜的布拉基诺只好蜷缩在角落里的一块垫子上。半夜的时候，布拉基诺被小酒馆老板叫醒。老板说狐狸和瞎猫已经走了，并转告他赶紧跑步去树林。布拉基诺刚想离开，小酒馆老板拦住他，向他索要昨天的晚饭钱。布拉基诺非常不情愿地给了小酒馆老板一枚金币。

布拉基诺走进树林，加快了脚步。这时，他发现身后有人跟着他。他转过身去，看见了两个头套麻袋的家伙。布拉基诺惊慌地跑进树林深处。

布拉基诺刚把剩下的四枚金币藏到嘴里，就被两个强盗捉住了。两个强盗发现他嘴里藏着金币，但却死活撬不开他的嘴巴。这时候，布拉基诺趁机咬断了一个强盗的手——其实是一只猫爪，逃脱了。

"捉住他！捉住他！"强盗马上就要抓住布拉基诺了。

这时，布拉基诺看见前面水潭里有一只正在睡觉的白天鹅。他游过去，一把抓住了天鹅的脚掌。白天鹅被惊醒，展开翅膀，带着布拉基诺飞到水潭的对岸。

这时的布拉基诺已经累得抬不动腿了。忽然，透过胡桃树，布拉基诺发现了一座漂亮的小房子。他赶紧跑过去敲门。

"好心人！快救救我！"布拉基诺哀求道。

可是小屋子里的人并没有回应他。这时候，两个强盗已经越过水潭，正骂骂咧咧地向小房子走来。

布拉基诺对着门又踢又踹，一个蓝色卷发的小姑娘从窗子里探出身来。

"小姑娘，快救救我！有强盗在后面追我呢！"布拉基诺苦苦哀求。

"真是胡说，我要睡觉了，眼睛都睁不开了。"小姑娘没有开门。

最后，布拉基诺还是被两个强盗捉住了。为了使布拉基诺张嘴，他们把他倒吊在树上，然后向路边的小酒店走去。

灿烂的朝霞染红了天空，蓝头发小姑娘醒来，从窗子里探出头去。原来，小姑娘是木偶科学博士加拉巴斯剧院里最漂亮的一个木偶。由于无法忍受主人的粗暴，她跑了出来。在这片树林里，她得到了小动物们的帮助。

蓝头发小姑娘发现了倒吊在树上的布拉基诺，赶紧让哈

巴狗阿尔捷蒙去救他。阿尔捷蒙向蚂蚁求助。蚂蚁咬断了绳子，救下了布拉基诺。蓝头发小姑娘把布拉基诺安顿在床上，赶紧给他吃药。可布拉基诺不想吃，紧闭着嘴巴。小姑娘只好把药灌进布拉基诺的嘴里，塞给他一块糖，还吻了吻他。

随后，布拉基诺便沉沉地睡去了。

第二天早晨，布拉基诺起床后感觉好多了。蓝头发小姑娘坐在花园里的一张小桌旁，为布拉基诺准备早餐。布拉基诺盘坐在椅子上，抓起馅饼就往嘴里塞，吃过馅饼又抓起茶壶，把一壶可可茶喝了个精光。

小姑娘皱起眉头，打算好好教育一下布拉基诺。她把布拉基诺带到房间，开始教他学写字。布拉基诺紧张地把鼻子插到了墨水瓶里。这让小姑娘很伤心，她让哈巴狗阿尔捷蒙把布拉基诺带到黑暗的小储藏室。在这里，布拉基诺遇见了一只会飞的老鼠。老鼠怂恿他赶紧从暗道离开这个可怕的地方，并同意带他去愚人国寻找瞎猫和狐狸。

小房子里的挂钟敲了十二下，老鼠从天窗飞了出去，布拉基诺也从暗道钻了出去。布拉基诺仰头跟着幽灵般的老鼠奔跑，跑了很久很久。

"我把他带来啦!"突然，老鼠大喊道。

布拉基诺停下脚步，看见了老熟人狐狸阿里萨和瞎猫巴齐利昂。

"勇敢的布拉基诺，再次见到你真是太好啦!"狐狸阿里萨阴森森地说。

见到老熟人，布拉基诺非常开心，甚至忽略了瞎猫右前爪上的纱布和狐狸尾巴上挂着的水草。

"欢迎来到愚人国! 这里既有无精打采的公民，也有肥头大耳、仪表堂堂的公民。这些有钱人都在'神奇'的田里种过钱。"狐狸阿里萨滔滔不绝地介绍着愚人国。

布拉基诺咽着口水，按照狐狸的吩咐，将四枚金币埋进了土里。

狐狸阿里萨以为布拉基诺会去睡觉，不料他竟然一直坐在田边，盹儿都不打一个。于是，他命令瞎猫留下来盯着，自己跑到附近的一个派出所。

"最勇敢的警察先生，有一个流窜的小偷已经来到这个城市啦！他已经威胁到那些高贵公民的财产啦！"狐狸装出一副受害者的模样对警察说。

睡意蒙眬的警察一下子跳起来，马上叫来两条警犬，要求他们立刻将危险的犯人捉到派出所来。

布拉基诺一被抓走，狐狸和瞎猫便把地里的金币挖了出来，扬长而去。布拉基诺被两条警犬拖到派出所。警察根本不听布拉基诺的任何辩解，认定他是个罪犯，命令两条警犬把他丢到池塘里淹死。

布拉基诺被扔进池塘里。但不要忘记，布拉基诺是个木偶，是淹不死的。但是，身上沾满了绿色的浮萍却让他很难受。池塘里的居民把他围起来，蝌蚪用厚实的嘴巴给布拉基诺搔痒，水蛭爬进了他的口袋，一只水甲虫几次爬到他的尖鼻子上。布拉基诺终于不耐烦了，将这些小东西赶跑。

为了能喘口气，布拉基诺爬到了一片大大的荷叶上面。他又冷又饿，抱着双腿蜷缩起来，不住地打战。这时候，水面伸出了一个大脑袋，布拉基诺吓得差点儿跌入水中。原来是一只和气的大乌龟——达尔基拉。

"你这个没头脑的蠢孩子！坐在家里学功课多好，偏要来这个愚人国！"达尔基拉说。

"我想为加尔洛爸爸赚更多的金币，给他买一件新外套。"布拉基诺说。

"你的钱已经被瞎猫和狐狸骗走了！"达尔基拉告诉他。

"哎呀，那我该怎么办啊？"布拉基诺号啕大哭起来。

大乌龟看着伤心的木偶，摇摇头潜入水中。不一会儿，大乌龟又浮了上来，嘴巴里衔着一把小小的金钥匙。

"拿着它吧。这是很多年以前，一个蓄着大胡子的人不小心掉到池塘里的。他说拿到金钥匙，可以打开一扇什么门，就能得到幸福。可惜我都忘记了。"大乌龟把金钥匙放在布拉基诺的脚边，叹了口气说。

布拉基诺好像明白了什么，把金钥匙放进口袋，向大乌龟道了谢，跳入湖中，游向岸边。

大乌龟并没有告诉他离开愚人国的路。布拉基诺像一只无头苍蝇走进了一片树林。突然，后面追上来一个银灰色的东西，随后又听见了狗叫声。布拉基诺吓得连忙躲到一棵大树后面。这时他看清了，那个银灰色的东西是一只背上骑着一个小人儿的兔子。身后追赶的是愚人国警察局的两条警犬。小人儿抓住树枝，从兔子背上跳下来，落在布拉基诺的脚下。

"抓住他！"警犬没有发现他们，而是追着兔子跑远了。

布拉基诺立刻认出，这个可怜的小人儿是木偶剧院的木偶皮也罗。

"布拉基诺，快把我藏起来！加拉巴斯博士在日夜不停地追我！"皮也罗说道。

布拉基诺将皮也罗藏到了相思树丛中。皮也罗向他讲述了自己的遭遇，说一天晚上，外面风雨交加，加拉巴斯博士坐在壁炉旁烤火，木偶演员们都睡着了，皮也罗因为想念一个蓝头发小姑娘没睡。

"真不可思议！前两天我刚见过这个蓝头发小姑娘，我还是从她的储藏室里逃出来的呢！"布拉基诺打断了皮也罗的回忆。

"你知道玛丽维娜在哪儿？快告诉我！我愿意用金钥匙

的秘密和你交换!"皮也罗高兴地拉起他的手说。

"什么,你知道金钥匙的秘密?"布拉基诺兴奋地问道。

"我知道钥匙在哪里,怎么拿到它,还知道它能打开一扇门。我偷听到这个秘密,所以加拉巴斯博士和警犬到处追捕我。"皮也罗说道。

太阳升起来了,布拉基诺和皮也罗从相思树丛中钻出来,朝布拉基诺来愚人国相反的方向走去,来到了蓝头发小姑娘漂亮的房子前。小姑娘眼睛红肿,以为布拉基诺早就被大老鼠吃掉了,如今看到布拉基诺和皮也罗站在面前,激动得跳了起来。见到小姑娘,皮也罗连话都说不出来了,手足无措地站在那里。

在他们吃早餐的时候,森林里的一只癞蛤蟆跑过来告诉他们昨天夜里,胆小怕事的大乌龟达尔基拉已经向加拉巴斯博士供出了金钥匙的秘密。博士已经知道布拉基诺拿到了金钥匙,再过几个小时,博士和警犬就要追上来啦。

布拉基诺来不及向他们解释,赶紧收拾东西,和皮也罗、小姑娘带着哈巴狗阿尔捷蒙向森林跑去。他们还没跑到森林，就遇到了加拉巴斯和两条警犬。

"交出钥匙！"加拉巴斯大吼道。

布拉基诺顺着一棵大树爬上去，将松果丢在加拉巴斯的头上。松果接二连三地丢在加拉巴斯身上，打得他两眼发黑。哈巴狗阿尔捷蒙叫来了森林里的动物们。蜜蜂们用毒刺刺向两条警犬，雨燕啄得两条警犬抱头鼠窜。

为了抓住布拉基诺，加拉巴斯绕着树跑圈儿，连胡子粘到树上也没察觉。几圈下来，加拉巴斯的鼻子猛地撞到树上，晕了过去。当布拉基诺从树上爬下来的时候，加拉巴斯的大胡子还牢牢地粘在树上。

布拉基诺、皮也罗和小姑娘又重新聚在一起。他们找到一个树洞，躲了进去。哈巴狗阿尔捷蒙在和警犬的打斗中受了伤，小姑娘细心地为他包扎伤口。

小姑娘重新为大家准备早饭，布拉基诺刚要伸手抓一块蛋糕，就被揪住了耳朵。小姑娘像大人一样，板起面孔教他们用餐的礼仪。

两个男孩子只好照办。吃过早饭，小姑娘拿出墨水瓶、笔和纸准备授课。

布拉基诺真想逃出树洞，随便去哪儿都行。这时候，外面传来树枝折断的声音和嘶哑的叫喊声。

"他们一定没有走远，肯定是藏在了哪里！"有人叫喊着。

但是，加拉巴斯并没有找到这个隐蔽的树洞。一会儿，他的声音就越来越远了。接下来该怎么办呢？继续逃吗？三个人在一起商议了很久。最终，布拉基诺决定从加拉巴斯口中探听那扇能用金钥匙打开的门在哪里，了解能给他们带来幸福的东西是什么。布拉基诺让皮也罗保护小姑娘，自己偷偷溜了出去。他跟在加拉巴斯后面来到了大路旁的"三条鱼酒馆"。布拉基诺看见酒馆门口的大公鸡，便请求大公鸡把他带进酒馆。大公鸡将布拉基诺藏到自己的大尾巴下，昂首挺胸地走进了酒馆的厨房。布拉基诺神不知鬼不觉地从酒馆老板身边溜过，钻进了一个大瓦罐。这时候，门外传来了加拉巴斯的声音。

加拉巴斯点了一只烤乳猪，酒馆老板给他斟上一杯酒。从加拉巴斯的口中，酒馆老板知道了三个木头人逃亡的事情。

"尊敬的先生，如果您需要，我可以派两个伙计替您去寻找他们。您只需要付十个金币就行。"酒馆老板说。

加拉巴斯同意了酒馆老板的建议。他喝了许多酒，布拉基诺觉得应该动手了。

"公开秘密吧！"一个神秘的声音从瓦罐里传出来。

"是谁？谁在说话？"加拉巴斯吃惊地拍了一下自己的脑袋，害怕地问。

布拉基诺继续吓唬加拉巴斯。不一会儿，醉醺醺的加拉巴斯就被吓得面色铁青，像一朵蔫了的大蘑菇。从加拉巴斯的口中，布拉基诺知道了那扇门就藏在爸爸加尔洛画壁炉的破麻布后面。

布拉基诺还没来得及继续问下去，就被人抓住脚踝，从瓦罐里拽了出来。

"看，加拉巴斯先生！这就是您要找的小坏蛋！"狐狸谄媚地看着加拉巴斯，瞎猫数着从加拉巴斯那儿赚来的十枚金币。狐狸把布拉基诺交给了目瞪口呆的加拉巴斯。

布拉基诺立刻从还没反应过来的加拉巴斯手中逃脱，向门口跑去。

布拉基诺穿过田野，越过大路，来到森林里的树洞前。

布拉基诺的心紧了一下，树洞里什么都没有。他绝望地趴在地上，鼻子深深地插进泥土里。他们被绑架了？他们死了？直到这个时候，布拉基诺才深深地意识到朋友的重要性。他甚至愿意交出金钥匙，只要能重新见到朋友们。这时，他脑袋旁的泥土里，钻出来一只胖胖的田鼠。

"我看见你的朋友们被愚人国的警察抓走啦！两条凶巴巴的警犬把他们绑在了一起。你沿着车辙追，没准还能赶上他们。"田鼠说。

布拉基诺从地上一跃而起，沿着车辙追赶而去。他穿过草地，绕过湖泊，来到一个山坡上。山坡下的大路上，一个警察驾着山羊拉着的车子，后面跟着两条警犬。车上绑着的正是布拉基诺的朋友们。

突然，警犬们发现了山坡上布拉基诺露出的尖顶帽子，奋力冲了上来。布拉基诺已经无路可逃了，只好抱着脑袋，朝山坡下的草地跳了下去。他在空中飘荡着，要是没有一阵风的话，他当然会落到草地上。但他被风轻轻托起，竟然朝车子方向落了下去，一下子砸在了警察的头上。警察被砸晕了，两条警犬看见警察先生倒在地上，便夹着尾巴落荒而逃。

勇敢的布拉基诺救出了自己的朋友们。他们高兴地拥抱在一起，互相亲吻着对方。

"行啦，我们快走吧！加拉巴斯还在追赶我们呢！"布拉基诺说。

他们收拾好包袱，手拉着手，向山坡走去。可是，还没走到半山腰，山坡上就出现了几个可怕的身影。

"来呀。到我这儿来，孩子们。"加拉巴斯向他们挥了挥手。

"都别动。死也要死得快乐。让我们唱一首快乐的歌曲吧。"布拉基诺说。

加拉巴斯疯狂地咆哮着，狐狸冷笑着，瞎猫弓着腰准备随时冲过来。一切似乎都已经成了定局，这时，飞来了一群雨燕。

"在这儿呢。在这儿呢。"雨燕们大声喊道。

突然，山坡上出现了加尔洛爸爸的身影。他紧皱着双眉，袖子挽起，手里还拿着一根粗木棍。加拉巴斯的肩头狠狠地挨了一棍子，然后棍子又落到了狐狸的后背上。加尔洛爸爸又脱下靴子，狠狠地朝瞎猫扔去。

"加尔洛爸爸。"布拉基诺兴奋地喊道。

"我的儿子，布拉基诺。你这个小淘气鬼。你还活着，快到我这来。"加尔洛激动地说。

加尔洛的木棍使得坏蛋们陷入了惶恐之中。狐狸和瞎猫偷偷爬进密密的草丛中，一溜烟儿跑了。加拉巴斯还站在原地，但脑袋已经缩进了脖子里，大胡子像乱麻一样随风飘荡。

布拉基诺、皮也罗和小姑娘来到山坡上，加尔洛将他们搂在一起，哈巴狗阿尔捷蒙欢快地跟在加尔洛后面。

"木偶是我的。"加拉巴斯嘟囔着。

"哼。你都一大把年纪了，还同他们混在一起，狐狸阿里萨和瞎猫巴齐利昂是全世界出名的坏蛋。你经常欺负弱小，还一肚子坏水，真是可耻。"加尔洛爸爸义正词严地说。

加尔洛爸爸带着木偶们迈着轻快的脚步，向地中海沿岸的小城市走去。

"我愿意出一百枚金币赎回我的木偶！"加拉巴斯跟在加尔洛身后说。

"不可能。如果你是个善良的老板，我当然会把这些小人儿还给你。但你不是。你比鳄鱼还要坏。我不卖也不还，你快滚吧。"加尔洛走下山坡，再也不搭理加拉巴斯了。

在空旷的广场上，站着一个警察。由于天气炎热，他的眼皮耷拉着，无精打采地驱赶着苍蝇。突然，加拉巴斯把大胡子塞进口袋，抓住加尔洛的衣领声嘶力竭地喊道："捉贼啊。他偷了我的木偶。"

但是，由于天气太热，警察几乎动也没动。加拉巴斯生气地和警察理论起来。当加拉巴斯同警察争执不休的时候，加尔洛已经带着木偶回到了自己的家。

加尔洛首先把哈巴狗阿尔捷蒙的绷带解开，他的伤已经好得差不多了。

"只要给我一小盘燕麦粥和一根骨头，我还能再打上一架！"阿尔捷蒙说，看来他的虚弱完全是饥饿的缘故。

"哎呀，可是我家连一点儿吃的、一个铜板都没有了。"加尔洛难为情地说道。

"加尔洛爸爸，把那块粗麻布拿下来，我要给你们看一样东西。"布拉基诺说着从兜里掏出金钥匙。

画布的背面布满了蜘蛛网，大家把蜘蛛网清理干净，面前出现了一扇橡木门。

"加尔洛爸爸，用这把金钥匙把门打开吧！"布拉基诺说。

加尔洛把钥匙插进门锁，一阵美妙的音乐顿时响起来。他推开橡木门，带着孩子们走了进去。

这时候，外面传来急促的脚步声和加拉巴斯的喊叫声。

"我要以国王的名义逮捕小偷和恶棍……"话音未落，加尔洛已经带着孩子们走进了橡木门，砰的一声把门关上，动听的音乐声也随之消失。

加拉巴斯对着橡木门又踢又踹，可是门十分坚固，一点儿打开的迹象都没有。一同赶来的警察谁也不想动手，显然他们认为这个活儿太累了。

警察们懒洋洋地踱着方步离开了。他们将向国王禀报，说他们已经根据法律做了所能做的一切。但加尔洛显然是得到了魔鬼的帮助，这个老家伙竟然走进了墙壁。

加拉巴斯狠狠地揪了一把大胡子，倒在空荡荡的小屋里哀号起来，并满地打滚儿，就像疯了一样。

"加尔洛爸爸，我们会在这里发现什么？"布拉基诺兴奋地问道。

"可能是一大批财宝，也可能是一大堆古董。"加尔洛回

答说。

"肯定是一堆又一堆的骨头和好吃的燕麦粥。或者是一大堆漂亮的衣服和蝴蝶结。"小伙伴们七嘴八舌地讨论着。

"快看！好漂亮的布景。"加尔洛举起手中的蜡烛。大家高兴地拥上去，开始参观这个全新的、漂亮的剧院。

"看啊，就是说，我没白认识大乌龟达尔基拉！我们确实得到了幸福。在这个剧院里，我们可以排一幕新剧，名字就叫《金钥匙》或者《布拉基诺和朋友们的历险记》。加拉巴斯会为此狼狈地垮台！"布拉基诺得意地说道。

加拉巴斯垂头丧气地坐在壁炉旁。木偶剧院的破屋顶漏着雨，木偶们都受了潮，谁也不想参加演出。从早晨起，加拉巴斯就没卖出去一张票。

而在他剧院的对面，布拉基诺的新剧院坐满了观众，演出马上要开始了。阿尔捷蒙把企图偷偷混进剧院的狐狸和瞎猫赶了出去，小姑娘把票卖给刚刚赶来的观众，布拉基诺鼓着腮帮子吹响了喇叭。

演出开始啦!

加拉巴斯生气地返回仓库,抓起用七条尾巴编成的鞭子,准备拿木偶们撒气。可是,仓库里空空如也,木偶们全都去了新剧院。

新剧院里乐曲回荡,欢声笑语,掌声雷动。

加拉巴斯气得倒在了壁炉边,再也起不来了。

从此,布拉基诺、加尔洛爸爸和木偶小伙伴们过上了幸福自由的生活。

小老鼠比克流浪记

　　哥哥用小刀割下几块厚厚的松树皮，做成小船。妹妹用布做了一面船帆，装在船上。兄妹俩决定把船放到河里，可船上还缺少一根桅杆。

　　"我们需要一根直直的树枝做桅杆。"哥哥说着，拿起小刀，钻进树林去寻找他需要的桅杆。突然，树林中传来他的喊叫声："有老鼠，有老鼠!"妹妹立刻飞奔而去。

　　"我正要把树枝割断，它们就在里面叫了起来。你看，树根底下就有一只。你等着，我现在把它拿出来。"哥哥对妹妹说，然后用小刀割开树根，从里面拿出一只小老鼠。

"哇，它好小啊。快看，还是黄色的！"妹妹惊呼道。

"老鼠种类很多，不知它是哪种？"哥哥对妹妹说。

这时，小老鼠张开粉红色的小嘴，比克、比克地叫起来。

"比克，比克。你听，它在说自己叫比克。你看，它耳朵出血了。一定是你捉它的时候，把它弄伤了。它一定很痛。"妹妹心疼地说。

"不管它，我要把它弄死。"哥哥说，但一会儿又摇了摇头说："我要把它扔到河里去。"说完，哥哥抓起老鼠往河边走去。

妹妹想出了一个可以救小老鼠的好办法。

"等一等，我们把它放到船上，让它自己去旅行吧。"她喊住哥哥说。

哥哥认为反正小老鼠最终都会被淹死，再说它坐船旅行也很有意思，便同意了妹妹的建议。

他们挂上船帆，把小老鼠放进小船，然后将船放到河里。

小船顺着水流，渐渐离开了河岸。

远处，孩子们在岸上向比克挥手，小老鼠死死抓住干枯的松树皮，一动不动。

兄妹俩看见小船扬起风帆，消失在河的转弯处，才往家走去。

"可怜的小比克。风会把小船吹翻，比克会被淹死的。"到家后妹妹还在不停地念叨。哥哥却一言不发，正在琢磨怎样才能把谷仓里的老鼠消灭干净。

比克坐着小船在水面上漂流。

小船离岸越来越远，浪花高高卷起。在小老鼠比克的眼里，河面和大海没有什么不同。

比克出生还不到两周，连寻找食物都不会，更别说躲避敌人了。今天是鼠妈妈第一次带它们出来散步。

比克还是一只没有断奶的幼鼠，把这样一只毫无防备能力的幼鼠送上危险的旅程，老天真是和它开了一个不小的玩笑，这简直是在要它的命。

整个世界都在与比克作对，狂风吹来，似乎要将小船吹翻；浪花猛烈拍打小船，好像要把它掀到黑沉沉的河底。所有猛兽、老鹰、鱼儿，甚至瓢虫，都在与它为敌。对于毫无防备能力的小老鼠来说，任何东西都是危险的。

几只白色的大鸟看见比克，在小船上方来回飞。它们不敢轻易飞下来，害怕撞到坚硬的桅杆上，这样非但不能抓到小老鼠，反而会把自己的嘴弄伤，因此只得恼怒地尖叫着。

一条梭鱼浮上水面，紧紧跟着小船，等待白鸟将小老鼠弄进水里，坐收渔翁之利。

听到白鸟的尖叫，比克闭上眼睛等死。

正在这时，后面飞来一只吃鱼的白尾鹛。白鸟看到这只厉害的大鸟，立刻飞散了。

白尾鹛看了看船上的老鼠，又看了看船后的梭鱼，突然双翅收拢，俯冲下来。只见它猛地冲向小船，翅膀尖刮到了船帆，小船立刻被撞翻了。白尾鹛尖利的爪子抓住梭鱼，带着猎物飞离水面。

这时，被打翻的小船上已是空空的，比克不见了。白鸟们远远地看到，悻悻地飞走了，以为小老鼠肯定被淹死了。

比克从没学过游泳，可当它掉进水里时，为了不让自己沉入河底，立刻拼命划动四肢，浮上水面。它一口咬住船帮，和已经倾翻的小船一起随着波浪漂浮。

一会儿，波浪把小船送到一个陌生的岸边，比克顺势跳上沙滩，迅速躲进树丛中。

比克浑身都湿了。它用舌头舔干身上的毛，身子立刻暖和起来。小老鼠想到树林外面找点儿吃的东西，可是听到河边不断传来白鸥的尖叫声，被吓坏了，只好饿着肚子等着。

天终于暗了下来。鸟儿们都进入了梦乡，只有浪花拍打着河岸，发出哗啦、哗啦的声响。

比克悄悄爬出树林四下张望，看到没什么危险，便像个黑煤球一样滚进了草丛。

饥饿的比克开始四处寻找食物，不管是草叶还是草茎，都抓过来拼命地吸吮。草里当然没有乳汁，它只好把叶茎咬烂嚼碎。忽然，一根草茎里流出了很好吃的汁液，一直流进它的嘴里。汁液非常香甜，比克觉得好像吸吮到了妈妈的乳汁。

比克很快就把草茎吃完了，还想找这种草茎。它实在饿坏了，可是到处寻找，仍没找到这样的草茎。

圆圆的月亮挂在空中，照亮了草地。夜幕中一个黑影悄无声息地飞过，这是一只动作灵活的蝙蝠，正在捕捉昆虫。

比克在不停地吃东西，它把草茎放倒，在地上啃食着，冰凉的露水滚落到小老鼠的身上。

比克发现草尖上的草穗味道不错，便干脆坐在地上大嚼了起来。

"啪嗒"一声，离小老鼠不远的地方，好像有个东西落到地上。

比克停止咀嚼，竖耳倾听，草丛中啪嗒、啪嗒的声音还在继续。

"啪嗒、啪嗒"的声音响成一片，好像有什么东西在草丛里蹦跳，正往小老鼠这边来。比克赶紧转过头去，想逃回树林。

啪嗒声由远而近，最后停在它身边。比克眼前出现了一只眼睛大大鼓鼓的小青蛙。

小青蛙啪嗒一声跳到比克面前，鼓着圆圆的眼睛，惊慌地看着小老鼠。小老鼠也是既惊讶又恐慌，仔细打量着小

青蛙。它们你看着我我看着你，一动不动。

四周又响起啪嗒、啪嗒声，一群小青蛙不知道从什么地方逃过来，在草丛里惊慌地蹦跳着。

突然，小老鼠看到一条银灰色的长蛇，紧跟在小青蛙的身后，嘴里还衔着一只小青蛙。小青蛙长长的腿在不停地抖动着。

比克不敢再看，落荒而逃。它现在正坐在半空中的一根树枝上，自己也不知道是怎么爬上来的。

比克现在不会挨饿了，它已经学会了自己寻找食物。可是，它不过是一只小老鼠，怎么能抵挡住所有的天敌呢？

老鼠是一种群居动物，只有整个家族在一起才能稍微抵挡一下敌人的入侵。它一旦发现威胁，就会发出吱吱的叫声，鼠群就会躲藏起来。

比克感到非常孤独，它需要找到同类，和它们一起生活。

比克开始去寻找同类。它爬到树上去找，因为草丛里蛇非常多，它不敢在地上走。这样一来，它爬树的本事也就越来越大了。

比克的长尾巴非常柔软，而且很有力量，帮了它不少忙。比克用尾巴钩住树枝，在细细的枝条上灵巧地爬上爬下，丝毫不比长尾猴差。

从一根树枝爬到另一根树枝，从一棵树爬到另一棵树，连续三个晚上比克都是这样在树林中度过的。

这三天，比克没有碰到其他老鼠。树林很快就到尽头了，再往前是一片大草原。

草原上气候干燥，蛇不会出现在这里。比克胆子大了起来，白天也敢出来行走。

现在，它什么东西都吃，无论是植物的种子、茎、叶，还是甲壳虫、大青虫、小虫，等等。

有一天，比克坐在地上，从地底下把甲壳虫卵挖出来，慢慢地品尝。

这时，阳光明媚，蚱蜢在草丛中跳来跳去，远处天空中有一只小野雁在翱翔。比克丝毫没有觉得害怕，因为那只鸟太小了，在空中飞行，就像是被一根绳子牵在天上，一动不动。

小老鼠哪知道，这是一只野雁，它的眼睛特别厉害。

比克坐在地上，露出白色的小胸脯，在褐色地面的映衬下，非常显眼。

当比克意识到危险时，野雁已经像利箭一样从空中俯冲下来。

逃是逃不掉了，小老鼠四腿发软，胸脯紧贴着地面，动弹不得，脑袋里一片空白。

野雁确实飞到了小老鼠身边，翅膀几乎碰到了它，可是突然又飞走了。

野雁怎么也想不明白，小老鼠跑到哪儿去了，刚才明明看见小老鼠发白的胸脯，怎么突然间就不见了呢？它紧盯着小老鼠刚才坐着的地方，可是除了褐色的大地，什么都看不见。

其实比克还在之前的地方，更没有超出野雁的视线范围。原来比克背上的毛跟土地的颜色一样，都是褐色的，从天上望下去，根本就看不出来它。

这时，正好有一只绿色的蚱蜢在草丛中蹦来蹦去，野雁冲下来，抓住它飞走了。

原来是背部的颜色救了比克的命。从这以后只要有敌人袭击，比克就立刻趴在地上，一动不动。

比克每天都在草原上跑来跑去，找遍了所有的地方，可是连一个同类的影子都没看见。

它来到一片树林，从树林那边传来浪花拍打河岸的声音。这声音它非常熟悉。

小老鼠只好掉头朝另一个方向跑去。它跑了一整夜，清晨才钻进树丛睡觉去了。

也不知睡到了什么时候，小老鼠被一阵动听的歌声惊醒。它抬起头，看到一只粉色胸脯，灰色脑袋，咖啡色背的鸟。

在这片树林中央的一块空地上，有许多死掉的小动物和甲虫。原来，这里竟是鸟儿存放猎物的地方。

如果比克此刻从树洞中露出头来，恐怕命运和这些小动物一样。

鸟儿一整天都在等着比克，黄昏时才回巢睡觉。小老鼠这时才悄悄地从树洞里爬出来。

也许是因为急于逃走，比克竟然迷路了。

比克爬出树洞本该朝相反的方向跑，可它并没有意识到错误，结果跑了一整夜，直到第二天早上才发现，已经来到了一个干涸的池塘边。

没有东西可以填饱肚子，连一条小虫、一棵能吮出汁液的小草都没有。

第二天夜里，比克饿极了，艰难地爬上一个小山坡，倒在地上。它两眼紧闭，嗓子干得直冒烟，索性舔食草叶上冰凉的露珠。

东方出现了鱼肚白，可怜的小老鼠一点儿力气都没有，

再也爬不到草地了。

太阳终于出来了，露水被强烈的阳光烤干。比克觉得自己要死了。它拼尽全力爬起来，但马上又栽倒，从小山坡上滚了下去，背着地摔了个仰八叉。

比克发现了一个洞，里边好像有东西在动。

一会儿，小洞里飞出一只蜜蜂，浑身毛茸茸的，扇动着翅膀飞走了。

蜜蜂在小山坡上转了一圈，又飞回洞口，停了下来，发出嗡嗡的声音。

一会儿，蜜蜂们一个接一个地爬出洞，飞到草原采蜜去了。现在这里只剩下比克，它知道自己该做什么。它拼命爬到洞口，洞中蜂蜜的味道扑鼻而来。

比克用鼻子撞击洞口的泥土，泥土竟然被它的鼻子给"挖"开了。

它继续不停地"挖"，直到整个洞被"挖"开。洞里露出一个由灰色蜂蜡做成的大蜂巢，里面的蜂房里是幼蜂和蜂蜜。

小老鼠贪婪地品尝着，吃光了所有的蜂蜜，又把幼蜂吞进肚子。

这下比克又有力气了，自从离开妈妈后，它就没吃过这么饱。现在它无需花费多大劲儿就能挖开泥土，找到更多的装满蜂蜜和幼蜂的蜂房。

突然，比克被刺了一下，赶紧跳到一边，只见一只大母蜂向它爬来。

比克想要反击，但成群的蜜蜂出现在它的头上，蜜蜂从草原飞回来了。它们成群结队扑向它，比克只好落荒而逃。

比克连滚带爬地逃走了。它身上的厚毛，挡住了蜜蜂的毒针。

比克一口气跑上草原，躲进茂密的草丛中。蜂群不再追赶，飞了回去。

第二天，比克穿过沼泽，来到一个岛上。

岛上荒无人烟，连只老鼠都没有。在岛上栖息的只有鸟、蛇和蛙，因为对它们来说，穿过宽宽的河面来到这里并非难事。

比克必须想办法，才能在这么多天敌的包围中生存。

著名的鲁滨孙曾独自一人来到一个荒岛，他就想了很多办法，最后才活下来。他建房子遮挡风雨，储存食物度过严冬。

比克不过是一只小老鼠，它想得不会那么周全。可是它要做的，跟鲁滨孙一样，先建造房子。

比克没学过盖房子，不过这个本领好像是与生俱来的，它建造的房子竟然跟其他老鼠的房子相差无几。

沼泽地里长满了又高又密的芦苇和菅草，这些都是老鼠建房子的天然材料。

比克找到几根芦苇，爬到上面，咬掉芦苇最上面的一段，用牙齿将芦苇撕成两条，然后用菅草固定住芦苇……

比克忙上忙下，一个小巧的房子很快就建造好了。房子看起来像是个鸟窝，整座房子只有小孩儿拳头那么大。

比克在房子一头开了个门，里面铺上草、树叶和细草根，用柔软的花蕊铺成一张床。

比克终于有了自己的窝，可以在里面睡觉、躲避风雨，还可以躲避敌人的袭击。这个小窝藏在茂密的芦苇丛中，即使再敏锐的眼睛也无法在远处发现它。

就算鲁滨孙本人，也未必能想出比这更好的办法。

日子过得很快，比克渐渐长大了，虽然它的个头很小。比克是一种长不大的老鼠，这种老鼠比灰色的家鼠还小。

天热了起来，比克常常去池塘洗澡。

一天晚上，它发现了两个蜂窝，饱饱地吃一肚子蜂蜜，然后躺在旁边的草丛中睡着了。

比克第二天早晨才回家，走到小窝时发现有点儿不对劲。小窝旁的地面和草茎上有一条宽宽的黏液，小窝里露出一条肥大的尾巴。

比克吓了一大跳。难道是蛇，但蛇的尾巴比它硬，而且有鳞，这条尾巴却光滑柔软，带着黏液。

比克壮起胆子，顺着树枝爬到近处，想看清这个不速之客究竟是谁。

这时，尾巴缓慢地动了起来，小老鼠吓得一下子滚到地上，躲进草丛里。只见一个怪模怪样的东西，懒洋洋地从比克的小窝里爬了出来。

先是那条肥大的尾巴不见了，接着小窝门口出现了两根又长又软、长满泡泡的须子，再后来是两只短短的角，最后怪东西的整个头露了出来。

一个蜗牛从比克的小窝里缓缓地爬出来。它的身子光滑柔软，到处是黏液。它软软的肚皮紧贴着草茎，于是上面便留下一条宽宽的黏液。

还没等它爬到地面上，比克就溜走了。蜗牛虽说不会伤害比克，但是它非常讨厌这种行动迟缓、一身黏液的怪物。

一会儿，蜗牛爬走了，小老鼠回到沾满黏液的小窝。比

克换掉了窝里所有的草，才躺下睡觉。

此后，它每次出门，都要用一捆干草堵住小窝的门。

天变短了，夜里非常寒冷。风吹落了树上的籽实，小鸟飞到比克居住的地方啄吃草籽。

比克每天都吃得饱饱的，身体一天比一天胖，身上的毛也越来越光亮。

这只四条腿的"鲁滨孙"又盖了一间仓库，用来贮藏过冬的粮食。它在地下挖了个地窖，底部挖得很宽，用来存放食物，但觉得还不够大，于是在旁边又挖了一个地窖，用一个地道将两个地窖连起来。

这段时间正赶上连雨天，地上非常潮湿，枯草倒伏在地上。比克的小窝沾上雨水，开始下垂，悬在半空中，里边的草也都发霉了，住在里面很不舒服。

比克决定搬家，搬到地面上居住。它不用再害怕蛇和青蛙，因为这个季节蛇和青蛙都已经躲起来了。

小老鼠在小山坡下一处干爽、安静的地方建了个家，还在背风处修了一条通往洞里的路，以免冷风吹进洞内。

比克挖了一条长长的通道，最里边挖成圆形，铺上干草作卧室。新家既舒适又温暖。它还在地下卧室里挖了两条分别通往两个地窖的通道，这样不出门也能去地窖了。做好这一切后，小老鼠搬到了新家。

这时，比克已经成了一个小胖子，整天懒洋洋的，打不起精神，基本上足不出户，力气越来越小。

一天早晨，它发现家门被堵住了，便用牙齿咬开松软的雪，跑了出去。

到处是白茫茫的一片，雪在阳光的照耀下发出刺眼的光，比克的脚掌没有毛，被冻得浑身发抖。

漫长的冬季到了。好在小老鼠预先储存了足够的食物，否则它的生活将无法想象。

比克整天昏昏沉沉，一点儿都打不起精神。它从早睡到晚，一连几天不出门。睡醒后就去地窖饱饱吃上一顿，然后还是睡觉。

地下卧室舒适极了，它缩成一团，躺在软软的小床上，心脏跳得越来越慢，呼吸越来越轻，进入甜蜜而漫长的梦乡。

和土拨鼠不同，比克不会睡上一个冬天，常常是睡一段时间，觉得冷了，就会醒来，吃些东西补充能量。

在一个寒冷的冬夜，兄妹俩围坐在温暖的火炉旁。

"小动物可真不容易啊。你还记得小老鼠比克吗？也不知道它现在在哪里？"妹妹忧伤地说。

"谁知道呢，它肯定早已成为其他动物的美食了。"哥哥冷冷地回答说。妹妹听后大哭起来。

"你怎么啦?"哥哥觉得很奇怪。

"小老鼠多可怜啊。它的毛是黄色的,很柔软。"妹妹哭着说。

"你还真心疼它。我能给你捉一百只来。"哥哥来了精神。

"我不要一百只,我只要那只黄色的小老鼠。"妹妹哭得更伤心了。

"小傻瓜儿,等着,我一定能找到它。"哥哥安慰道。

"哥哥,千万不要伤害它。送给我,可以吗?"妹妹擦干眼泪说。

"好吧,别哭了。"哥哥表示同意。

晚上,哥哥在储藏室里安放了捕鼠笼子。

就在这个晚上,洞里的比克醒了。它不是被冻醒的。睡梦中,它觉得有什么重物压在身上,还有冷风吹过来。它终于醒过来,发现自己快被冻僵了。比克一刻也不能忍受，它要吃得饱饱的，这样才不会被冻死，于是跳起来，向地窖跑去。

它来到地窖，发现地窖里已经空空如也，周围全是羊的脚印，是羊把食物全吃光了。

比克只找到了一些草籽。吃完草籽，小老鼠觉得有了力气，身体也温暖了许多。它又想去睡觉，但却不能，因为这样会被冻死的。于是比克跑开了，可是去哪儿呢？

小老鼠一直跑到河边才停下来。山涧里有一条河，上面结着冰，发出光亮。比克不敢在冰面上跑，冰面不比雪地，一旦有情况可以钻到雪里藏起来。

可是也不能回去，回去只有死路一条，不是被冻死，就是被饿死。没有办法，只好继续往前走。比克走到峭壁下，告别了小岛，告别了这里曾经的安逸。

这时，一双凶狠的眼睛盯上了它。比克还没跑到河中间，就被一个黑影紧紧地跟随。它转回身，看到了黑影，但不知道是什么东西。

比克习惯性地趴在冰面上，但它的保护色在光亮的河面上丝毫不起作用，立刻就被一双利爪抓住了。

比克疼痛难忍，昏了过去。

比克醒过来的时候，已经躺在一个又硬又硌的东西上，虽然身上很痛，但没感觉到冷。

比克舔着身上的伤口，看了看周围。它发现这是一个宽敞的房间，没有天花板，上面是一个大洞，阳光透过洞口照射进来。

比克发现身边躺着许多僵硬的死老鼠，立刻跳了起来。

比克恐惧万分，顺着墙壁爬上去。它不知道是谁把它扔到了树洞里。

原来，一只猫头鹰在冰面上抓住了它，把它带到这里。

幸运的是，猫头鹰又抓到了一只兔子，再也吃不下这只小老鼠了，于是便把它储藏了起来。

这一次小老鼠真是太幸运了。它顺利地从树上爬下来，钻进树林，跑了。

比克休息了一会儿，用树皮填饱肚子，然后继续往前跑，希望远离这个可怕之地。

比克终于跑到草原。围墙里面有一座大房子，冒着炊烟。一只狐狸发现了小老鼠。

狐狸嗅觉灵敏，立刻知道有一只小老鼠跑过去了，于是开始追赶。

比克不知道狐狸在后面追赶，只看见两条大狗狂叫着从房子里向它扑来。

可是大狗并没有发现比克，它们是看到了从树林里跳出来的狐狸。

狐狸立刻转回头，钻进树林不见了。大狗从小老鼠的头上跳过去，向树林方向追去。

这样，比克顺利地溜进屋子，钻进了地下室。

比克闻到了老鼠的气味。它高兴极了，就像鲁滨孙从荒岛上回来终于见到了人一样。

比克马上开始寻找老鼠，可是在这儿找老鼠谈何容易。

虽然老鼠的踪迹在地下室里随处可见，到处都散发着老鼠的气味，可是却见不到它们的身影。

这时，比克发现天花板上有一些被咬出的小洞，以为老鼠住在那里，就爬过去钻进小洞。

原来是一间贮藏室。地面上放着装满的麻袋，有一个麻袋下边被咬破了，谷粒洒了一地。

饥饿的小老鼠大口大口地吃起来。吃过苦涩的树皮，再品尝这香甜的谷粒，比克撑得喘不过气，竟高兴得吱吱叫了起来。

这时，从地面上的小洞里探出一个长着胡须的脑袋，眼睛闪着光，一只灰色的大老鼠跳进贮藏室，身后跟着四只小老鼠。

比克被它们可怕的样子吓坏了，一动不敢动，只是吱吱地叫着，声音越来越大。灰老鼠非常讨厌这种叫声。

"这只小老鼠是从哪里来的？贮藏室一直是我灰老鼠的地盘。我从不允许树林里的野老鼠来这里偷吃东西。吱吱叫的老鼠我更是从没见过。"灰老鼠想。

一只灰老鼠扑向比克，狠狠咬了它一口，其他老鼠也一起扑上来。

比克在柜子底下找到了一个小洞，钻了进去。洞很小，灰老鼠钻不进去，比克安全了。可是想到灰老鼠不愿接纳它，比克伤心极了。

"怎么样，小老鼠捉到了吗?"妹妹每天早晨都这样问哥哥。哥哥把捉到的老鼠给她看，结果都是灰色的。妹妹根本不喜欢，还有些害怕。她只想要那只黄色的小老鼠。

最近几天不知什么原因，一只老鼠也没捉到。可奇怪的是，每天放的鼠饵却都被吃掉了。捕鼠笼关着，里边的诱饵却没有了。

哥哥几次检查捕鼠笼，都没有发现问题。就这样一周过去了，哥哥怎么也想不明白，到底是谁偷吃了他的诱饵。

直到第八天，哥哥才高兴地从贮藏室跑出来，高声叫喊着："捉到了。看，是黄色的!"

"是黄色的吗?"妹妹高兴地问道，"快看，这就是我们的比克，它的耳朵割破过。还记得吗，是你用小刀割的。快去拿牛奶，我这就起床。"

哥哥跑去端牛奶。妹妹从床上起来，放下手里的捕鼠笼，迅速穿上衣服。可当她再看捕鼠笼时，比克已经不见了。

原来比克早就学会了如何从捕鼠笼里逃生。捕鼠笼的一根铅丝弯了，一般的灰老鼠从这里是钻不出去的，可是比克却能进出自如。

比克从捕鼠笼的小门进去咬诱饵，小门立刻关上了。起初小老鼠还很害怕，但后来胆子就大了，心安理得地吃诱饵，然后又泰然自若地钻出捕鼠笼。

昨晚，哥哥把捕鼠笼有缝隙的一面靠墙壁放着，才把比克抓到。可是妹妹把捕鼠笼放在了房子中央，小老鼠自然就溜走了。

哥哥端着牛奶进来，看到妹妹满脸是泪。

"它跑掉了。它不愿意留在我这儿。"妹妹哭着对哥哥说。哥哥放下牛奶，安慰妹妹。

"别哭了，我会用靴子捉到它。"哥哥很自信。

"它怎么会跑到靴子里去呢？"妹妹不相信。

"我把靴子放在墙角，你去驱赶小老鼠。它会顺着墙根跑，看见靴子口，一定以为是洞口，就会钻进去。"哥哥说了自己的计划。

妹妹听后不再哭泣了，想了想说："不，我们还是不要捉它了，就让它待在我们家里吧。这里没有猫，它不会受到伤害。我们天天把牛奶放到地上让它喝。"

"好吧，我把小老鼠送给你了，你喜欢怎样就怎样吧。"哥哥说。

妹妹把牛奶放到地上，里边还加了些碎面包。

第二天早晨，他们发现牛奶被喝光了，面包也没有了。一定是比克干的。

"可是，怎样才能让它听话呢?"妹妹想。

比克现在的生活的确不错，它可以尽情地享用这里的美食，屋子里没有灰老鼠，也不会受到伤害。它把碎布和废纸拖到箱子后边，搭了个温暖的窝。

比克怕人，只是在夜晚，孩子们睡着以后，才敢从箱子后面出来。

可是有一个白天，比克听到有人在吹笛子。笛声轻柔，略带忧伤，似乎在倾诉内心的苦闷。

这忧伤的曲调，让比克想起了自己被强大的敌人欺负时的痛苦和无奈。于是，它忘记了危险，情不自禁地走出去，坐下来倾听，然后走到盘子跟前喝牛奶，并吱吱地叫起来。直到哥哥放下笛子，它才明白过来，马上又跑到箱子后边去了。

兄妹俩终于知道该如何驯服老鼠了。

这以后，他们就常常吹笛子，这时比克就会出来，倾听他们演奏。

一段时间后，比克不再害怕了。妹妹还教会了它自己拿面包。兄妹俩给它做了一个小木屋，放在桌子上……

以前，哥哥讨厌老鼠，可现在却和比克特别亲热。他喜欢看比克用爪子捧东西吃，或者洗脸。比克的前爪就像人的两只手，非常灵活。

妹妹特别喜欢听比克吱吱的叫声，对哥哥说："比克唱得真好听，它一定是个音乐爱好者。"

可她单纯的小脑瓜儿却无法知道，小老鼠唱歌根本不是因为高兴。她更不知道，此前比克经历了多少磨难和痛苦。

故事就到此结束吧，这样的结局再好不过了。

骑剑旅行

很久以前，婆罗姆布拉城有一位慈祥的国王，名叫云囡塔。

王后帖提达生了一位王子。王子出生那天，天空翻滚着七色的云彩，回荡着清脆的雷声。为了纪念王子出生的好兆头，国王为他取名"沙穆阔"，意思是咆哮的大海。

王子天生聪明善良，十六岁便能文能武，加上他相貌英俊，深受百姓们的喜爱，也深得姑娘们的爱慕。不只是本城的百姓爱戴他，其他王国的百姓也都交口称赞他。

王子的美名传到了兰玛布拉城。城里有位美若天仙的公主，叫苹图玛迪，她是国王悉哈诺拉库和王后伽诺伽娃的爱女。公主国色天香、美艳绝伦，而且知书达理、聪慧善良，深得国王的宠爱和城中百姓们的喜爱。

公主到了婚嫁年龄，每天前来提亲的各国使节络绎不绝。可是公主谁都没答应，原来她早已心有所属。

听说婆罗姆布拉城里的王子相貌出众且文武双全，公主便很想见见他，验证一下他是否真的那么优秀，要是果真如此，就嫁给他。

兰玛布拉城有拜神的习俗，每逢节日，国王都要带着公主、文武百官，一起去城中神庙拜神。

这天，恰逢节日，公主陪国王去神庙拜神。公主端坐在金轿中，穿着珠光闪闪的华服，在宫女们的簇拥下，伴着鼓乐，来到神庙。

"万能的神啊，如果您能把沙穆阔王子赐给我做夫婿，我将重金还愿。"许愿过后，公主盼望能早日见到王子。

兰玛布拉城里有四个教徒，为了一睹王子的风采，他们翻过九座山，趟过九条河，历尽艰辛，风尘仆仆来到婆罗姆布拉城。

一进城，他们就看见王子骑着一头大象，正缓缓地走向宫廷花园。大象身上撑着一顶白色的华盖，周围簇拥着众多的仆人，仪仗队在前面开道，鼓乐喧天，王子威风凛凛。

王子英俊潇洒，举止文雅，身披白衣，浑身散发着一种高贵的气息。

"高贵气派，果然名不虚传！"四个教徒不禁停下脚步，赞叹不已。

气宇轩昂的王子在人群中发现了四个陌生面孔，便停了下来。

"尊贵的客人，你们从哪里来，需要我的帮助吗？"王子态度和蔼。

"听说婆罗姆布拉城里有位沙穆阔王子，天生聪明善良、文武双全，我们很想来看一看。今日一见，果然仪表堂堂，我们便不由得驻足为您祈福，多有冒犯，请见谅！"
四个教徒恭恭敬敬地回答说。

王子听后十分高兴，盛情邀请客人同游花园，欣赏奇花
异草。

游玩了一会儿，王子便开始询问兰玛布拉城的风土人
情。

四个教徒非常高兴。

"我们的国王叫悉哈诺拉库，他有一位国色天香的公
主。公主被视为掌上明珠，她齿白唇红、娇柔貌美、聪慧
善良，还不到十八岁。各王国争相派出使节提亲，但都被
公主拒绝了。"四个教徒描述着。

王子仿佛看到了公主穿着五色彩裙，戴着七彩珠冠，向
自己走来。

第二天一早，王子早早就守候在父母的寝宫外，原来他
一夜都没睡好，一闭上眼睛就看见公主翩翩而来。

王子向父母请安后，便详细讲述了事情经过，请求准许

他去见一下公主。

"孩子，你出门在外我们不放心，你若喜欢她，父王马上派使节前去提亲。"国王说道。

王子坚持要去，说他相信公主在意的不是珠宝，而是真情，他要让公主看到自己的真情。王子百般请求，国王和王后只好答应。

王子欣喜若狂，回到宫中，迫不及待地召见四个教徒，用最好的食物款待他们，并赏赐他们每人五百两黄金。

王子带上心爱的琵琶和一些五光十色的珠宝，连夜向兰玛布拉城进发。

王子旅途非常顺利，不久就来到了兰玛布拉城外的河边。王子命令大家停下休息，自己也洗了个澡，换上华丽的衣服，然后带着一行人去城里的神庙拜神。

兰玛布拉城的百姓见到王子超凡脱俗，以为是神仙下凡，都目不转睛地注视着他。

"一定是来向公主提亲的，也不知道公主这次能不能相中?""公主一定会满意的，你看他和公主简直就是天造的一对儿!"城中百姓议论纷纷。

王子获准进宫，为国王演奏琵琶。他技法娴熟，神采飞扬，感动了在场的所有人。

看着风度翩翩、才华横溢的王子，国王向四个教徒询问年轻人的来历。

"他就是婆罗姆布拉城的沙穆阔王子。"四个教徒如实禀告。

国王心中暗喜，更加喜欢这个年轻人了。

一曲弹罢，国王走下宝座，牵住王子的手。

"谢谢你历尽艰辛、不远万里来访我的王国!"国王高兴地说道。

王子受宠若惊，跪拜国王。

"听百姓们赞扬陛下恩慈善良、爱民如子，我心生仰慕，决定亲自来拜访陛下。"王子恭敬地说。

这一切都被公主看在眼里。听着他悠扬的琴声，看到他不凡的举止，公主不禁心花怒放。她目不转睛地看着王子，王子也含情脉脉地望着她。

看他们一见钟情，国王也感到欣喜。

国王左手拉着王子，右手挽着心爱的女儿，在文武百官的簇拥下，来到神庙。谒拜完毕，国王和大臣提起金水罐，将神水洒在王子和公主的头上，表示把女儿托付给沙穆阔王子。

次日，国王派使节带上礼物前往婆罗姆布拉城，邀请王子的父母前来为王子和公主主持婚礼。

云闼塔国王大喜，马上带着聘礼，携王后浩浩荡荡前往兰玛布拉城。

两位国王为他们举行了盛大的结婚典礼。婚礼当天，全城人无不穿上节日的盛装，尽情地泼水为他们祝福。

婚礼过后，云闼塔国王和王后辞别了悉哈诺拉库国王，返回婆罗姆布拉城。

王子和公主在金碧辉煌的王宫里，过起了幸福的生活。

在宫廷花园里，王子弹琴，公主翩翩起舞，七彩小鸟和金色彩蝶飞舞在他们周围。

一天，公主依偎着丈夫。

"我听到百姓夸赞殿下，便去神庙中祈求天神赐君做我的夫婿，果然愿望实现了。"公主动情地回忆着往事。

王子也将自己倾慕公主的经过讲给她听。

两人不知不觉聊到天亮，一早便去神庙还愿。一袭白衣的王子骑着大象，身披彩衣的公主坐着金轿，宫女们簇拥前后，城中百姓列队祝福。

王子和公主相亲相爱，不知不觉一年过去了。这天，他们乘坐金轿来到王宫花园，忽见云端跌下一个神人。

原来神人和爱妻住在生长着洁白雪莲花的盖拉沙山峰上。他练剑，妻子采花，日子过得非常快乐。

一天，他和妻子飞上云端遨游。

另一个喜欢用塔娄木兰装扮自己的仙人，住在金光闪闪的善见山顶。他与神人在空中相遇，互不服气，便打了起来。神人战败，妻子被掳走，自己也遍体鳞伤地跌下云端，一头栽进宫廷花园。

王子见遍体鳞伤的神人跌下来，便快步上前搀扶，询问他受伤原因。神人说了事情经过，一旁的公主流下了同情的泪水，王子也顿生恻隐之心，命人将他抬入宫中救治。

神人伤好后，为感激王子的救命之恩，将一把宝剑赠予他，说只要手握宝剑，便可以腾云驾雾。

得到宝剑，王子欣喜万分，迫不及待地想试试它的魔力。他提剑盘膝坐下，将公主揽在怀中，他们果然飞了起来。

王子带着公主飞越黄澄澄的金山、白花花的银山、亮晶晶的水晶山和绵延八百公里的七金山。璀璨夺目的山峰错落有致、大小不一，山上镶嵌着五光十色的明珠彩钻，闪烁着耀眼的光彩。

王子和公主完全为眼前的美景陶醉了。他们在一座开满山花的山峰上降落。王子采集野花编成一个花环戴在公主头上。他们在溪流中嬉戏，在林中漫步，在山洞里依偎，将世间的一切抛在脑后。

听说公主和王子不见了，宫廷花园里的随从们便四处找寻，可是仍不见他们的踪影，只好向国王报告。国王猜想他们是回婆罗姆布拉城看望父母去了，便派人去打听消息。

云闼塔国王一听也急坏了，忙派人在王国各地寻找，可派出去的人都无功而返。国王悲痛欲绝，日见憔悴。

听到他们没去探望父母，兰玛布拉城国王也悲伤万分。但两国国王都坚信王子和公主还活着。

一晃两个月过去了，王子与公主也玩腻了。他们忽然发现不远处的盖拉沙山峰上，有一座灯火辉煌，时常飘来美妙歌声的城市，便想去看看。

这座城市叫素挽武里，百姓们衣着华丽，酷爱舞蹈。集市上热闹非凡，各种木制工艺品应有尽有。

他们立刻喜欢上了这里，携手在城中观光游览。

王子和公主的出现，立刻引起了这里国王吞玛叻的注意。

"怎么来了两个陌生人？"他感到奇怪。

探明王子和公主的身份后，国王不禁大喜，立刻将他们请入王宫，盛情款待。

"这是一个充满欢乐的王国，这里有牢不可破的城墙，有数不尽的珠宝，你们能来到这里，是我的荣幸。如果你们愿意留下来，我愿意将王国的财产分给你们一半。"国王十分慷慨。

王子谢绝了国王的好意，但请求允许他们在城中小住几天。国王爽快地答应了。

王子和公主在城里尽情游玩了一个月，听说东方还有个叫阿努达的仙池，便想去看看。他们向国王辞行，朝阿努达池飞去。

阿努达仙池果然非同一般，池中七种颜色的水晶交相辉映，闪着夺目的光芒，一弯池水画卷般镶嵌在青山之上，不愧是七大仙池之一。他们立刻陶醉了，待了整整一个月，然后飞往另一个仙池——差滩池。

差滩池也是七大仙池之一，池中却没有任何植物，池水蓝蓝的一片。

池边环绕着六座山峰——金山、银山、宝石山、安参山、鸡冠石山和紫水晶山，每座山上都盛产一种宝物，金银珠宝应有尽有，璀璨夺目。

最特别的是安参山，盛产一种比珠宝还珍贵的人参。它形如人体，生在地下，露在地面上的枝叶金光闪闪，稍有动静，便悄悄溜走。

王子夫妇在差滩池上空翱翔，发现不远处还有两个不同的池子，一个盛满清澈的泉水，另一个则盛满馥郁的香水。一座紫水晶坛基的金坛坐落在两池之间，看起来非常壮观。

王子夫妇觉得奇怪，这里连人都没有，怎么会有金坛呢？

原来金坛是一个神人建造的，他常在泉水池中洗澡，然后跳入香水池中熏身，金坛则是他的休息之地。

王子夫妇跳入泉水池里洗澡，在香水池中熏身，然后躺在金坛上睡着了。

神人又来池里洗澡，发现了正在金坛上熟睡的王子夫妇。他觉得很奇怪，怎么会有一对陌生人在金坛上睡觉呢？

"噢，原来他们有宝剑，所以才能来到这里。如果这把剑能归我所有，我就可以带着爱妻腾云驾雾，四处游玩了！"神人悄悄走过去，从王子身上偷走了宝剑。

王子夫妇醒后找不到宝剑，立刻吓出一身冷汗。他们焦急地四处寻找，可怎么也找不到。

"回家的途中有高山大河、狼虫虎豹，可能会饿死，也可能会累死。"公主越想越害怕，不禁大哭起来。

"别怕，有我呢，我们一定可以平安回去的！我会永远保护你，永远不离开你！"王子安慰公主道。

王子夫妇一路披荆斩棘，来到一条宽阔的大河边。看到公主伤痕累累，沙穆阔王子非常心疼，决定走水路，渡河到对岸。

恰好河面上漂来一段树干，王子跃入水中，将树干拖到岸边，然后和公主一起抱起树干，向对岸游去。

他们游到河心，河面上突然刮起了狂风，霎时间天昏地暗、波涛翻滚。

"别松手，坚持住！"沙穆阔王子大声喊道。

突然，树干断成了两截，他们被巨浪头打散。

公主紧抱着断木，在风浪中煎熬了一夜，起初还大声呼喊远去的王子，后来由于体力不支，抓着断木失去了知觉。

大浪把公主推上对岸的河滩。

太阳出来了，向大地洒下一片金色。可是公主的心却阴沉沉的，她不知道丈夫被冲到了哪里，沿着河岸呼喊着王子的名字，直到筋疲力尽，瘫倒在地。

公主挣扎着解下衣裙，在河边晾干，然后循着大象的足印来到玛它吻城。

玛它吻城民风淳朴、人心善良。

又累又饿的公主，立刻引起了守城女官的注意。女官见公主衣衫褴褛、眼神呆滞，一副失魂落魄的样子，便上前询问。公主哭诉了自己遭遇的一切。

女官非常同情公主，热情地将她领回家，为她端上热汤和咖喱饭，然后又安顿她住下。

公主疲惫地躺在床上，抚摸手上价值连城的钻戒，暗暗作出一个决定。

第二天一早，公主摘下手上的钻戒，请女官帮她变卖掉。女官很快在城中找到了一个识货的大富翁。女官出价五车黄金，富翁爽快答应了。

公主为城中所有的奴仆赎了身。奴仆们无家可归，便成了她的侍从。

公主建造了一个供路人休息的亭子，吩咐工匠在亭柱上绘出她和王子的故事，并要侍从们随时注意看画人的举动，一有异常，便马上向她报告。

王子被巨浪头卷走，不久就漂到了茫茫的大海上。他紧紧抱着断木，与汹涌的波涛搏斗了七个昼夜。

第八天，护海女神玛尼玫卡在海面上巡查，发现了正在海浪中挣扎的王子，赶忙向天帝报告。

天帝听后，命令女神前去搭救王子并询问落水原因。

"这都是因为一个神人偷走了王子的宝剑，使他无法腾云驾雾造成的。"护海女神向天帝报告了事情的来龙去脉。

天帝越听越气，瞬间出现在神人面前。

"你为什么要偷王子的宝剑，害得他夫妻分离、吃尽苦头！我命你立刻归还宝剑，否则你将死无葬身之地！"天帝威严地说道。

神人赶紧跪地求饶，将宝剑还给了还在大海中挣扎的王子。

王子拿到宝剑，立刻腾空而起，飞往玛它呐城寻找公主，他感觉公主就在那里。

王子扮成一个教徒，在城中四处寻找，经路人指点，终于来到公主建造的亭子。

王子一出现，立刻有人为他端茶送饭。

茶余饭后，王子欣赏亭柱上的画，触景生情，不由落下眼泪，后来看到故事中描绘出公主获救的场景，又破涕为笑。

守亭人见他又哭又笑，举止怪异，连忙向公主报告。

　　王子凝视着檐角的画:难道这写的是我们吗?

　　公主匆匆赶来,看见日思夜想的王子,不禁喜极而泣,紧紧抱住丈夫,生怕再次失去他。

　　"自从我们海上分离,我便日夜祈求上天,让我们再次团聚。"公主哭诉着分别之苦。

　　"是你的真诚感动了上天,才让我们再次重逢!"王子安慰公主道。

　　王子夫妇紧紧相拥,公主泪眼婆娑。

几天后，王子夫妇前往神庙烧香还愿，并重谢了那位收留公主的女官。

经过这次磨难，王子夫妇更加思念故乡和亲人，决定马上结束这里的一切回家。

公主招来当地所有的教徒，把亭子、宫殿、仆人全部都赠予了他们，叮嘱他们要多做善事，然后和王子腾空而起，朝兰玛布拉城方向飞去。

王子夫妇很快便回到了宫廷花园，里面还是老样子。

宫廷花园的看守见王子夫妇归来，赶紧报告国王。老国王喜出望外，拉上王后直奔宫廷花园。见到日夜牵挂的女儿、女婿平安归来，国王和王后欣喜若狂，急忙询问他们到底去哪儿了。

王子夫妇说了事情的前后经过。国王连声说要去神庙拜神，感谢上天的眷顾，同时吩咐下人将王子夫妇归来的消息告诉王子的父母。

次日，国王夫妇为王子举行了传位大典，王子被封为

"沙穆阔王"。

大典当天，全城张灯结彩，人们载歌载舞。

大典结束后，老国王悄悄离开，隐居密林做了修士。

云闼塔国王也参加了儿子的继位大典。回国后，他也萌生了出家的念头，于是也将王位传给了儿子，做了修士。

沙穆阔王统治着两个王国。他尽心尽力，扬善惩恶，使两国百姓都过上了幸福美满的生活。

菲鲁兹王子和鹦鹉

在美丽富饶的伊斯塔拉桑王国，有一个公正勇敢的哈桑国王。他有一只聪明的会和人交谈的鹦鹉。

"国王，您已经老了，而你的儿子菲鲁兹王子已经长大成人，是时候该给他找个好妻子了。"一天，鹦鹉对国王说。

国王很认同鹦鹉的话，因为他的儿子菲鲁兹像他年轻时一样优秀。

"我的儿子已经长大了，为他找个新娘吧，我要把我的一切都交给他。"国王吩咐大臣说。

大臣努力地寻找，终于找到了一位美若天仙的姑娘。他将姑娘带回来，大家都觉得和菲鲁兹王子很相配，国王也很满意。

"为他们举行婚礼吧。"国王高兴地说。

菲鲁兹王子很喜欢姑娘，但却始终得不到她的欢心。

一天，菲鲁兹王子带姑娘去花园散心，面对美丽的景色，姑娘竟然痛哭了起来。菲鲁兹王子不知所措。

"菲鲁兹王子，王国的子民都知道你是个品德高尚的人。如果真是这样，你就把姑娘放走吧。"鹦鹉对王子说道。

"为什么？她是我未婚妻啊。"菲鲁兹王子不解地问。

"因为你还不懂什么是爱情。这位姑娘的心里爱着另外一个人，她是被迫嫁给你的。你真正的妻子在秦国，是秦国国王的女儿。"鹦鹉耐心地说。

"你希望我放你走吗？"菲鲁兹王子伤心地问姑娘。

"如果王子肯放我回故乡，我就能和心爱的人在一起了。"姑娘的语气中充满了感激。

"那你走吧!"菲鲁兹王子说。

姑娘开开心心地离开了。菲鲁兹王子却伤心地来到父亲身边。

"我的儿子,你为什么如此伤心?"国王焦急地问。

"我放走了那位漂亮的姑娘,因为她早就有了心上人,我应当成全她,我想娶秦国国王的女儿为妻。"菲鲁兹王子回答道。

哈桑国王很支持儿子的想法,于是答应了他的请求。

"谁愿意前去秦国,为我的儿子求亲?"国王问各位大臣。

秦国国富民强,而且路途遥远、艰险,去秦国求婚很可能失败。国王接连问了三次,大臣们都鸦雀无声。

"我愿意亲自去秦国接我的未婚妻回来,父亲请让我带上这只聪明的鹦鹉,和一匹健壮的黑马。"菲鲁兹王子态度坚决地说。

正当国王犹豫的时候，大臣中有个声音传来。

"要不是那只鹦鹉，王子殿下现在应该和姑娘幸福地生活在一起了。我建议杀掉那只多事儿的鹦鹉！"说话的正是当初带着姑娘回来的那个大臣。

国王听后，陷入了沉思。公正的国王心里认为鹦鹉的做法其实没有错。

"国王，我愿意和菲鲁兹王子一起去秦国，并且保证把菲鲁兹王子和他未婚妻一起带回来，求国王同意。"鹦鹉说。

国王听到鹦鹉的话，看着非去不可的菲鲁兹王子，只好同意了。他吩咐大臣，准备好菲鲁兹王子要的黑马，并把鹦鹉从笼子中取出来。

"竭尽你的全力帮助我的儿子吧。"国王嘱咐鹦鹉。

城中的百姓知道了这件事儿，纷纷前来给菲鲁兹王子送行，并祝福菲鲁兹王子一路顺风。

"轻轻抽打马左边的臀部三下，并说：'马儿飞呀飞，莫怪鞭痕热！请您帮帮我，奔向新生活！'"鹦鹉告诉王子说。

菲鲁兹王子按照鹦鹉说的做了。黑马竟然长出了翅膀，展翅腾飞。

经过了无数的高山和谷地，无数的河流和沙漠，一天夜里，他们终于来到了秦国的地界。

"公主啊，我渴望着你的爱。虽然我们未曾见面，但我

已经被你传说的美丽所征服。爱情之火已熊熊燃烧，唯有你能够给我带来幸福。"王子吟诵着诗句。

菲鲁兹王子就这样煎熬着度过了一夜。第二天早上，菲鲁兹王子竟然恍惚看见明亮的天空中有两个太阳。

"天空上怎么有两个太阳呢？真是奇迹啊！"王子问鹦鹉。

"主人，多出来的太阳是你的恋人发出的光。她正和她的鹦鹉说话呢。我去公主那里打探一下，您在这里等我。"说完，鹦鹉就飞走了。

鹦鹉告别了菲鲁兹王子，不久就飞到了公主的宫殿。

古尔巴霍尔公主正躺在软榻上，闭目养神。

"美丽的公主，你可知道，有一份美妙的爱情，正在不远处召唤你！"鹦鹉见状，大声地唱起歌来。

听见歌声，古尔巴霍尔公主吃惊地睁开眼睛，看到了窗外栏杆上的鹦鹉。见那只鹦鹉和自己的鹦鹉一模一样，心里非常喜欢，于是，就高兴地来到菲鲁兹王子的鹦鹉跟前。

鹦鹉被古尔巴霍尔公主的美貌所吸引，当公主伸出右手食指时，鹦鹉不由自主地跳上去。

古尔巴霍尔公主把它放进金笼子里，和自己的鹦鹉并排挂在一起。

菲鲁兹王子的鹦鹉突然惊醒过来，这才发现自己进了笼子里。

想到菲鲁兹王子的事儿，鹦鹉突然灵机一动，立刻躺在笼子里紧闭双眼，一动不动。

"一定是我不小心伤到它了。"古尔巴霍尔公主一边说一边打开笼子去看。

鹦鹉立刻拍拍翅膀飞了起来，落在离窗口不远处。

"你个狡猾的小家伙，为什么欺骗我，离我而去，难道在这个世界上还有比我漂亮、友善的主人吗？"公主佯怒道。

"我有一个朋友叫菲鲁兹，是伊斯塔拉桑国的王子，他英俊潇洒，勇敢坚强，而且富有仁爱之心。不怕你生气，你和他比，连他的一个小手指都赶不上呢。"鹦鹉高傲地说。

"狡猾的小家伙，我不信这世界上会有这样的人，要是有，我就嫁给他！"古尔巴霍尔公主激动地说。

"哈哈，那你就快点儿去准备一下吧，菲鲁兹王子你是嫁定了。"

"讨厌的小家伙，别光顾和我斗嘴，去把你的菲鲁兹王子领来我看看。"古尔巴霍尔公主娇嗔地说道。

"他在郊外的花园里呢。你到那里就能看见他。"鹦鹉说罢转身飞走了。

古尔巴霍尔让宫女们准备了一些东西，就急忙赶往花园。

鹦鹉在等待公主，它知道古尔巴霍尔公主一定会来，所以看见古尔巴霍尔公主后它并不吃惊。

"您来了，果真想见菲鲁兹王子？"鹦鹉不紧不慢地问道。

"你的王子呢？"公主质问它。

"如果你想要见到王子殿下，就要摆脱这些女仆，一个人去泉水旁。"鹦鹉说。

古尔巴霍尔公主走向泉水旁。宫女们待在原地等待。

鹦鹉离开古尔巴霍尔公主，立刻飞到菲鲁兹王子身边。

"菲鲁兹王子，您最心爱的古尔巴霍尔公主就要来了。她会被您的英俊所折服，你拉她上马，然后用我教你的方法让马展翅高飞，飞回伊斯塔拉桑国，您就可以娶她为妻了。"鹦鹉嘱咐王子。

菲鲁兹王子十分高兴，立刻策马狂奔。

在鹦鹉的引导下，菲鲁兹王子果真见到了美丽的古尔巴霍尔公主。两人四目相对，都被对方的相貌所吸引，默默无言。

鹦鹉见状，急忙提醒菲鲁兹王子。王子伸手拉起了古尔巴霍尔公主，二人坐在马上，奔回了伊斯塔拉桑国。

此时，古尔巴霍尔公主的宫女们正站在花园的一角等待呢……

宫女们抬头张望，突然看见一匹马在空中飞驰，她们惊呆了，一时间连话都说不出来。

"不好了，公主被人抢走了。"一个宫女指着天空大叫。

大家立刻慌乱起来，可也只能眼睁睁地看着古尔巴霍尔公主在天空渐渐远去。

听了宫女们的报告，国王大惊失色。

女儿就这样被人带走了，国王很不甘心，可除了泉水旁的马蹄印，没有任何线索。

"传令下去，征集一千名勇士，陪我去找公主。"随后国王便向宫女们指的方向出发了。

"亲爱的菲鲁兹王子,我们还有多久能到?"公主问道。

"还要二十天。"菲鲁兹王子温柔地回答。

"停下来休息一下,让我在河里洗洗头,明天再走好吗?"一路的奔波让公主有些疲倦,于是,公主恳求道。

"这里水流湍急,十分危险,不能在这里停下来。"鹦鹉劝阻。

爱情让菲鲁兹王子失去了理智。他没有听从鹦鹉的劝告。

等古尔巴霍尔公主洗完头后,他们一起坐在石头上休息。

夜幕降临,月光温柔地照在水波上,除了水流再听不见一点儿声音。

王子情不自禁地唱起歌来。听着王子的歌声,公主十分感动。一对恋人沉浸在爱情的甜蜜之中。爱情让他们忘记了身边的一切。

就这样，他们不知不觉睡着了。半夜时分，河水突涨，菲鲁兹王子和古尔巴霍尔公主被河水冲走了。

到了清晨，河水沾湿了鹦鹉的尾巴，鹦鹉立即惊醒，但已经找不到菲鲁兹王子、古尔巴霍尔公主和他们的马。

"我的一切努力全是徒劳！"鹦鹉叹息说。

太阳升起来了，鹦鹉在空中看见古尔巴霍尔公主在一个小岛上，王子坐在岸边的一块石头上，而他们的马被一些军队包围着。

原来是公主父亲的军队。国王下令捉马，马奋力抵抗。

鹦鹉悄悄接近菲鲁兹王子，王子一见到鹦鹉就急忙询问古尔巴霍尔公主的情况。

"她还活着，你放心，当务之急是救出马。"鹦鹉对王子说。

鹦鹉灵机一动，想出一个办法。

"你假扮成一个穷人，到秦国国王那里去。"鹦鹉说着便开始带路。

菲鲁兹王子按照鹦鹉的吩咐，走到国王身边，向国王鞠躬。

"你有什么事儿，年轻人?"国王问道。

"我能帮你捉住这匹马。"王子回答说。

"好，如果你能捉住它，我会重重赏你!"国王将信将疑。

菲鲁兹王子向国王鞠躬后，向马走去。

看见菲鲁兹王子，马立刻安静下来。菲鲁兹王子骑上马背，默念鹦鹉告诉的方法，手挥马鞭，飞向空中。

"就是这匹马带走的公主。"一个宫女说道。

"就是这个坏家伙抢走了我的女儿，快去抓住他!"国王恍然大悟，然后生气地大喊。

大批人马沿着他们消失的方向开始寻找。

古尔巴霍尔公主从睡梦中醒来，发现自己孤零零的在一个岛上，找不到王子。

公主一边走，一边呼喊王子。不知不觉，她来到一个地下室，没想到被四十个强盗拦住了。他们被古尔巴霍尔公主的美貌惊呆了，都想娶她为妻。

这些强盗各个面目狰狞，公主不敢大声反抗，只好故作镇定想办法。

"既然命运安排我来这里和你们相遇，那我注定是你们其中一人的妻子。请给我弓和箭，我把箭射出去，谁能找到箭，我就嫁给谁!"古尔巴霍尔公主从容地说道。

经过强盗们的同意，公主用力将箭射向很远很远的地方。趁强盗找箭之机，公主挑选出一匹最强壮的马，并割断了其余马的缰绳，拿了一些吃的东西，骑着马跑了。

三天后，强盗中有人拿着箭，高兴地回到地下室，却不见了公主。他们突然意识到上当了。强盗们拿着武器，准备骑马去追古尔巴霍尔公主，却发现马都被放跑了，只得步行。

这时，菲鲁兹王子和鹦鹉也来到了岛上。

岛上风景迷人，可他们却无暇欣赏，一心寻找古尔巴霍尔公主。

古尔巴霍尔公主来到一个陌生的王国。她的容貌如此出众，立即引来人们的注意，消息传到了国王那里。国王立即派人去请公主赴宴。

见到公主的那一刻，国王深深地爱上了她，发誓要娶她为妻。

古尔巴霍尔公主无法脱身，只能先住在国王安排的房子里。

日子一天天过去，古尔巴霍尔公主渐渐失去信心，终于答应了国王的求婚。

"让所有的骑士都来赛马，赢的人有重赏！"国王高兴地说。

婚期将至，可古尔巴霍尔公主却越发伤心，每天以泪洗面。她还是深深地爱着菲鲁兹王子。

菲鲁兹王子走出小岛，来到古尔巴霍尔公主所在的王国，看见很多骑士在练习，街上的人们张灯结彩，觉得很好奇。

"请问，这里发生了什么事儿?"菲鲁兹王子看见一个和蔼的老奶奶便问道。

"你是外地人吧。我们的国王要娶一位其他王国的女子，她真是美极了!"老奶奶自豪地说。

菲鲁兹王子断定那个女子就是他心爱的公主。

"年轻人，国王征集所有的骑士去比赛，第一名可以得到他想要的任何东西，你去碰碰运气吧!"老奶奶好心地说。

聪明的鹦鹉听了老奶奶的话，想到了一个好办法。

它让菲鲁兹王子参加比赛，等赢了比赛之后……

鹦鹉飞到王宫里，果真看见了正在发呆的古尔巴霍尔公主。

"公主，你爱菲鲁兹王子吗?"鹦鹉问。

"当然，爱的无法自拔，我没有一天不在思念他。"古尔巴霍尔公主诚恳地说。

"菲鲁兹王子会参加赛马，并会得第一名，到时候他会要求见你一面，并拉你上马，然后你们就能远走高飞了。"鹦鹉说完就飞走了。

古尔巴霍尔公主想到即将见到自己心爱的人，心里特别高兴。

鹦鹉回到菲鲁兹王子的住处，告诉他，自己成功见到了古尔巴霍尔公主，并把计划告诉了她。

赛马的前一天，王子和公主都睡不着。

"我亲爱的菲鲁兹王子，你现在在哪里？这月亮多么美丽，我却在这牢笼里，如同一只青蛙困在井底。"古尔巴霍尔公主抑制不住对菲鲁兹王子的想念，在王宫的楼顶唱起了歌。

王子也是心事重重，不能入睡。

第二天清晨，菲鲁兹王子来到赛场。赛场上已经人山人海。

看台上，古尔巴霍尔公主坐在国王身边正在焦急地寻找自己的心上人。

就在菲鲁兹王子望向古尔巴霍尔公主的一刹那，古尔巴霍尔公主也发现了菲鲁兹王子。

比赛很快就结束了，菲鲁兹王子也如愿得了第一名。

"勇士，我会遵守我的承诺，你想要什么？"国王走向前，问菲鲁兹王子。

"亲爱的国王，恕我冒昧，我刚到这个王国不久，听说您的未婚妻美貌惊人，不知是否可以让我见见她。"菲鲁兹王子恭敬地说。

国王虽不情愿，但必须言而有信，只好叫古尔巴霍尔公主过来。

古尔巴霍尔公主抑制住内心的激动，平静地向菲鲁兹王子走去。

古尔巴霍尔公主走到菲鲁兹王子面前，突然伸出了手，菲鲁兹王子抓住公主一起跃上马背。

菲鲁兹王子默念一会儿，黑马突然展翅高飞。

国王没有想到事情会变成这样。

"国王，谢谢你对我的照顾，这个人才是我的真爱。"古尔巴霍尔公主在空中大声喊道。

国王心里很难过，但从未见古尔巴霍尔公主笑得如此开心，也只能在心里默默祝福她了。

王子和公主飞了几天几夜，终于回到了王子的王国。

见到哈桑国王，古尔巴霍尔公主礼貌地向他行礼。

国王对公主很满意，决定为他们举办一场隆重的婚礼。

哈桑国王还决定重赏鹦鹉，而鹦鹉只要求继续辅佐菲鲁兹王子。

菲鲁兹王子不久就当上了国王，和古尔巴霍尔公主幸福地生活在一起。

葫芦孩子

在乞力马扎罗山脚下的村庄里，住着一个农妇，她的丈夫很早以前就去世了。她一个孩子都没有，非常孤单。她不但要自己担水、砍柴、做饭，还要到田地里去种菜、锄草、浇水、摘香蕉，整天劳累受苦不说，有时还得不到最起码的温饱。最重要的是，一个人的日子真是太孤单、太寂寞、太难熬了，每天这样辛苦，却连个诉说的人都没有。她多么想要个儿子或者女儿跟自己做伴儿啊！

听住在山脚下的人们说，在皑皑白雪覆盖的山巅上，住着一个伟大的精灵。它能帮助生活困难的人解决危机，并且能体察人间的各种苦痛。

因此，每当清晨或者傍晚的时候，贫穷、可怜的农妇总是仰望山顶，祈求精灵赐给自己一儿半女。日复一日，年复一年，她的虔诚终于感动了山上的精灵。

一天，农妇正在葫芦地里锄草，突然不知道从哪里冒出来一个陌生人。他满脸笑容地说："农妇啊农妇，我是山上精灵的使臣。现在奉命相告，你的祈求，精灵已经知晓了，但是你要耐得住寂寞。你种的这些葫芦一定要悉心照料，将来必将给你带来深厚的福气。"陌生人说完这一番话，还没等农妇反应过来，就"嗖"的一下不见了，这让农妇惊愕不已。

从那以后，农妇更加悉心照料地里的这些葫芦。她不分昼夜地浇水、锄草，希望葫芦能够快快长大。一个星期后，葫芦竟然成熟了，而且长得漂亮又饱满。农妇小心翼翼地将所有葫芦剪下来并且收好，掏掉里面的瓤子，把葫芦瓢挂在茅舍的椽上晾干。她把其中长得最好的一个葫芦放在炉灶的旁边，希望它干得快一点，好用瓢来舀水。

　　每一天，农妇在离开家之前，都会把所有葫芦擦上一遍，然后满意地看着葫芦，就好像在照顾自己的孩子一样。

　　有一天，农妇像往常一样，一大清早就下地了。她刚一离开家，奇迹就发生了，炉灶旁边那个快干的葫芦竟然动了起来！它先是像个不倒翁那样左右摇摆，后来开始转圈圈。最后，葫芦摇身一变，变成了一个小男孩！小男孩在地上蹦啊跳啊，别提多活泼了。过了一会儿，他有些跳累了，就踮

起脚尖，逐一抚摸挂在橡木上的那些葫芦。葫芦也开始摆动起来，先是左右摇摆，之后开始转圈圈，最后也都变成了小男孩，跳到地上来了！他们一齐在屋子里又跑又跳，手拉着手跳舞，尽情地玩耍。

玩儿了一阵子后，他们又干起活儿来，有的扫地，有的喂鸡，有的去河边提水，还有的去森林里砍柴。别人都在干活儿，只有炉灶旁边的葫芦变成的孩子基台台，什么活儿都不干，只待在一旁看着他们笑，有时还指挥他们干这干那。等所有的家务活儿都干完了，基台台把所有的小男孩都领到橡头上去，让他们重新变成葫芦，然后，回到炉灶边，稳稳地待在那里。

所有葫芦都重新归位了，就好像从来没有到来过一样。不一样的是屋子变得更加干净、整洁了。

傍晚，劳累了一天的农妇从地里回来，发现家中干净又整洁，水缸被填满了，柴灶也被填满了，不由得纳闷起来。这到底是谁干的呢？她跑去问邻居，邻居告诉她："从早上到下午，你不在家，我看到你家有很多孩子跑来跑去，他们是你的亲戚吗？"

"我根本没什么亲戚啊！"怀着诧异的心情，农妇又回到家。

她把屋里屋外搜了个遍儿，也没看到半个人影儿。在生火做饭的时候，农妇看到灶旁的葫芦，突然想起来前些日子那个陌生人的话，不由得自言自语："难道是精灵显灵，派人来我家里帮忙吗？"

第二天早晨，农妇照常下地，等干完了一天的活儿，傍晚回到家的时候，发现屋子里的地被扫了，水缸满了，连漏雨很长时间的屋顶都被修好了。她又去问邻居，邻居说："像昨天那样，一群孩子在你家忙活了一天，也许是干了一天的活儿吧。"

农妇现在确信了，这一定是精灵派来的孩子，来帮助她减轻生活负担的。于是，她决定亲自看个究竟。

第三天早上，农妇假装去地里干活儿，其实她走了一段路又悄悄返回来了，藏在屋子后面观察动静。而一切就像陌生人说的那样，扔在灶旁的那个葫芦先变成了一个小男孩，又把其他葫芦变成了人。

看到那么多孩子，农妇心里喜欢得不得了，立即绕到房子前面，和正从屋子里跑出来的孩子们撞了个满怀。她顺手抓住了一个孩子，无比激动地说："孩子们，原来是你们在帮我干活儿啊，真是太感谢了，太感谢了！"

孩子们谁都不说话，你看看我，我看看你，然后一哄而

散，接着干活儿。活儿干完了，他们回到屋里，要基台台帮他们爬上橡头。就在这时，农妇跑过来拦住他们，并且关切地说道："你们不要走了，你们都是我的好孩子，就都留在我这里吧。我给你们做饭，给你们铺床！"孩子们相互看了看，然后一起点了点头。

农妇开心极了，给他们做了最好吃的饭菜，铺上了最松软的被褥。

就这样，孩子们都留了下来，他们替农妇做家务、耕地、种玉米、放牛、牧羊，很快，农妇的家里粮食满仓、牛羊成群、衣食富足，慢慢变成山脚下一带最富有的人家。

后来，农妇变得贪婪和吝啬。

最开始的时候，农妇把这些葫芦变成的孩子像贵宾那样款待，但是后来，孩子们一天天长大了，她却吝啬地连饭量都不给他们加，每个人还是半个玉米团子。特别是对基台台，她嫌他整天站在炉灶边上不干活儿，就经常骂他，还不给他饭吃。

　　一天傍晚，农妇在屋里做饭，一不小心被蹲在炉灶旁边的基台台绊了一下，饭菜撒了一地。农妇勃然大怒，对着基台台大声嚷道："你这个废物，整天就知道蹲在炉灶边，说不定哪天我看你不顺眼，把你这个破葫芦踩得粉碎！"她刚说完，万万没想到的事情发生了。基台台站在原地左右摆了摆，转了两个圈圈，然后"咚"一声倒在地上，变成了葫芦。农妇被吓得目瞪口呆。其他孩子听见声音，都跑进屋

子。农妇虽然害怕，但还是冲着孩子们叫嚷："你们不干活儿，都跑进来干什么？你们也都变回葫芦吧，省得老娘还得天天给你们做饭！"她这样一喊，所有的孩子竟然都开始左右摇摆、转圈圈，然后"咚咚咚"地倒在地上，变成了一堆葫芦。

农妇惊呆了，但是看着满屋子的财富，她觉得现在自己富有了，有没有这些孩子都无所谓了，就把所有的葫芦都扔掉了。她又开始像没有孩子们一样，去地里干活儿、放牧牛羊。可是，时间过去没多久，没有孩子们在身边的种种坏处都显现出来：地里的活儿干也干不完，牛羊看管不过来，都相继跑丢了。农妇的家破败了，慢慢恢复了之前的贫穷。而且，一段时间以来热热闹闹、充满生机的房子，又陷入了一片死寂，农妇又开始过上了孤孤单单的生活，像最开始那样空虚、寂寞。

孤寂的农妇开始回忆和孩子们共度的点滴生活了。她想念刚刚遇到他们的时候，他们那可爱的样子；想念他们尽心

尽力为自己劳动，却从来没有任何要求；想念那个只是站在炉灶旁边的基台台。农妇越是回忆，越是慢慢意识到，她是得罪了精灵，精灵才把可爱的孩子们收回去的。她非常后悔，整日整夜站在乞力马扎罗山脚下，一遍一遍呼唤着孩子们的名字，但是精灵再也没有理过她，孩子们也再也没有回来过。

最后，农妇在穷困潦倒和空虚寂寞中结束了自己的一生。